O PÁSSARO DE DUAS CABEÇAS

O PÁSSARO DE DUAS CABEÇAS

Gilvã Mendes

ILUSTRAÇÕES:

Carol Oliveira

guaxinim

Produção
M.R. Cornacchia Editora Ltda.

Coordenação e revisão
Ana Carolina Freitas

Capa e diagramação
Fernando Cornacchia, baseado na concepção da ilustradora

Copidesque
Lúcia Helena Lahoz Morelli

Dados Internacionais de Catalogação na Publicação (CIP)
(Câmara Brasileira do Livro, SP, Brasil)

Mendes, Gilvã
O pássaro de duas cabeças / Gilvã Mendes; ilustrações Carol Oliveira. – 1ª ed. – Campinas, SP: Guaxinim, 2021.

ISBN 978-65-89558-11-8

1. Fábulas – Literatura infantojuvenil I. Oliveira, Carol. II. Título.

21-89928 CDD-028.5

Índices para catálogo sistemático:

1. Fábulas: Literatura infantil 028.5
2. Fábulas: Literatura infantojuvenil 028.5

Cibele Maria Dias – Bibliotecária – CRB-8/9427

1ª Edição – 2021

A grafia deste livro está atualizada segundo o Acordo Ortográfico da Língua Portuguesa.

R. Barata Ribeiro, 79, sala 315 – CEP 13023-030 – Vila Itapura
gceditora@gmail.com – Campinas – São Paulo – Brasil

AGRADECIMENTOS

Esta é uma história de união, parceria e amizade. Sem esses três lindos elementos, vindos de três lindas pessoas, muito especiais, este livro não teria sido possível. Agradeço a Inglid Patrícia, que abriu minha gaiola e trouxe mais beleza a tudo em mim; a Carol Oliveira, que deu contornos, formas e cores a este sonho; e a Regina Guimarães, que poliu minhas palavras para que elas fossem compreendidas com maior clareza. Há sempre mulheres únicas comigo. Na minha vida, tem sempre um bando delas me fazendo voar!

Dedico esta historinha:

à minha Inglid, que fez a minha vida ser uma aventura boa de viver e digna de ser lembrada;

à minha filha Suyane (Suca), para quem eu não pude ler historinhas, quando criança, mas que se emocionou ao ler esta (foi como se eu tivesse lido para ela);

às minhas sobrinhas Sarah, Larissa, Flávia e Biatriz, uma das primeiras pessoas que ouviram esta história;

ao meu sobrinho Pedrinho;

à minha mãe, dona Teresinha, que me apresentou as palavras, e

à minha irmã Lívia, que me deixou um pouco mais só neste mundo.

1

Era uma vez...

Um pássaro triste, pequenino, de cor cinza. Um cinza muito forte, parecia uma nuvenzinha de um dia nublado. O passarinho era de uma espécie conhecida, cientificamente, como *Cantusbonitus*. Essa espécie era famosa por seu canto doce, suave, raro, emocionante como uma bonita canção que todos gostam de escutar. O pássaro, que se chamava João, nome dado por seu dono, morava em uma gaiola pequena e enferrujada. A gaiola ficava pendurada numa parede úmida de uma casa muito, muito pobre.

Era a casa de Seu Guilherme.

Todos os dias, antes mesmo de seu velho galo, Antenor, cantar o seu cocoricó bem alto, Seu Guilherme acordava com o sol ou com a chuva...

Seu Guilherme não se levantava apenas para dar milho ao galo Antenor e às suas galinhas, Maria e Mariota, mas também, e principalmente, para ouvir o canto bonito de sua ave presa.

SEU GUILHERME ERA UM VELHINHO TRISTE, VINDO DO INTERIOR DA BAHIA, QUE VIVIA SOZINHO EM UMA CASA PEQUENINA, SEM ESPOSA, SEM FILHOS.

Ele ficava horas ouvindo seu passarinho cantar. Seus olhos se enchiam de lágrimas de tanta emoção e de saudades das pessoas que haviam passado por sua vida. Às vezes, uma solitária lágrima escorria por seu rosto.

O pássaro continuava a cantar...

Era um canto harmonioso, melodioso, belo, tão belo, que Seu Guilherme pensava ser uma canção de felicidade. Se soubesse que o canto de João era, na verdade, de tristeza – e de uma tristeza muito grande –, Seu Guilherme certamente abriria a gaiola e soltaria o passarinho para ser livre.

A tristeza de João por estar preso em uma minúscula cadeia de ferro, onde não podia fazer sequer um voo de dois palmos completos, era imensa. Era tão entediante e chato, que às vezes lhe parecia que ficaria louco, então tentava voar de um lado para o outro. Também odiava a comida que Seu Guilherme lhe dava, sempre sem graça, com gosto de coisa velha e verde ao mesmo tempo. A água era colocada em uma vasilha suja, cheia de limo. Sem contar que, em dias de frio, sentia dores horríveis na asa esquerda.

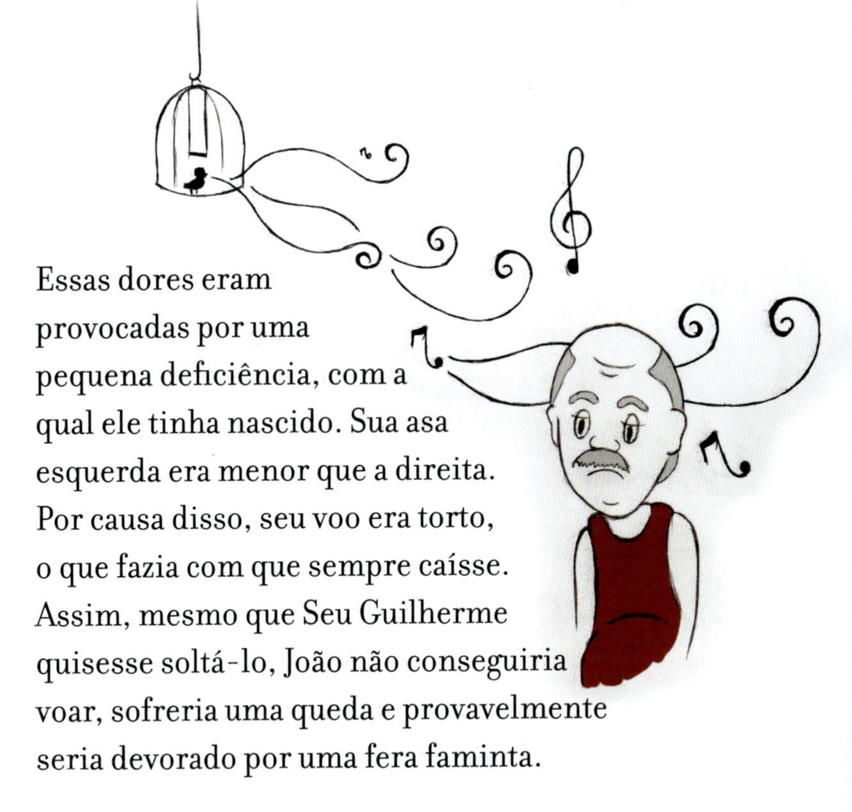

Essas dores eram provocadas por uma pequena deficiência, com a qual ele tinha nascido. Sua asa esquerda era menor que a direita. Por causa disso, seu voo era torto, o que fazia com que sempre caísse. Assim, mesmo que Seu Guilherme quisesse soltá-lo, João não conseguiria voar, sofreria uma queda e provavelmente seria devorado por uma fera faminta.

QUANDO JOÃO AINDA TINHA SUA MÃE, MESMO CRESCIDO, ELA CONTINUAVA LHE TRAZENDO MINHOCAS PARA QUE PUDESSE SE ALIMENTAR.

Um dia em que sua mãe havia ido caçar comida, João ficou observando os irmãos, os outros pássaros, fazendo voos lindos, perigosos, engraçados e sentiu uma imensa vontade de voar igual a eles.

Por que ele não podia? Era tão diferente assim dos outros? Do alto da árvore onde se encontrava seu ninho, fechou os olhos e deu um mergulho. Foi caindo rapidamente. Quando viu que estava chegando perto do chão, começou a bater as asas bem rápido! Estava desesperado, gritava pela mãe. E não parava de bater as asas.

DE REPENTE, JOÃO ESTAVA VOANDO...
ELE ESTAVA FELIZ! VOAVA!
CANTAVA DE FELICIDADE!

Depois de alguns segundos, sentiu como se houvesse uma enorme pedra em suas asas, como se tivesse voado durante dias sem parar. Tentou bater de novo as asas. Ficou cansado, rodopiou e caiu. E, assim, foi pego e preso por um homem de bigodes imensos e chapéu de palha, que depois o vendeu para Seu Guilherme.

2

ALÉM DE SEU GUILHERME, QUE OUVIA JOÃO CANTAR TODOS OS DIAS, HAVIA OUTRA PESSOA QUE VINHA QUASE TODAS AS TARDES E FICAVA DE LONGE, NO TELHADO DO VIZINHO, ESCUTANDO SEU CANTO.

Na verdade, não era bem uma pessoa, era uma *Dumundus*, espécie linda de ave que gostava muito de viajar pelo mundo. Era um passarinho-fêmea: bela, deslumbrante, de um amarelo vivo que, quando ficava exposta ao sol, brilhava como uma pepita de ouro!

ELA PERMANECIA ALI POR MUITOS MINUTOS,
ÀS VEZES POR HORAS, OUVINDO JOÃO CANTAR.

João, nas primeiras vezes em que viu a passarinho, ficou intrigado, curioso e pensou:

“SERÁ QUE ELA NUNCA VIU
NINGUÉM DENTRO DE UMA CAIXA?
SERÁ QUE TEM ALGO DE DIFERENTE EM MIM?
SERÁ QUE ESTOU SUJO?”.

Porém, depois de alguns dias, começou a sentir muita raiva, acreditando que a *Dumundus* estivesse, na verdade, zombando dele, já que quase todo dia ela ficava lá, olhando para ele, com cara de boba! “Ah! Se eu pudesse sair da gaiola e voar! Ela ia ver uma coisa!”, pensava João.

Passaram-se meses e meses... A visita da passarinho ia se tornando cada vez mais frequente.

HAVIA SEMANAS EM QUE
ELA IA VÊ-LO TODOS OS DIAS,
À TARDE, E FICAVA ATÉ O SOL SE PÔR,
QUANDO O CANTO DE JOÃO TERMINAVA.

Aconteceu que, uma tarde, João ficou tão incomodado com a presença da *Dumundus*, que se calou. Então, naquele entardecer, não houve canto...

Uma, duas, três tardes de silêncio. Mas ela não deixava de ir, permanecendo no telhado do vizinho de Seu Guilherme durante o mesmo tempo que João costumava ficar entoando sua canção bonita; depois, com um olhar triste, batia as asas e desaparecia no céu.

OS HUMANOS NÃO ENTENDEM, MAS O

canto de alguns

pássaros

TEM O MESMO SIGNIFICADO
QUE OS LINDOS POEMAS
QUE OS POETAS ESCREVEM
PARA FESTEJAR A VIDA,
PARA AGRADECER PELA BELEZA
DO SOL, DA LUA,
PARA CONQUISTAR QUEM
ELES AMAM OU PARA DIZER
O QUANTO ESTÃO TRISTES.

O canto de João era como um belo e triste poema. A passarinho ficava encantada, verdadeiramente fascinada, quando ouvia o cantar do passarinho preso. Com a canção dele, seu coração ficava aquecido, em paz, mas ao mesmo tempo triste pela dor que percebia naqueles versos...

A *Dumundus* já tinha viajado para todos os continentes do planeta, mas nunca havia ouvido ou visto tanta beleza!

3

No quinto dia, a passarinho não aguentou. Voou até a gaiola, ficou sobrevoando ao redor dela e, com uma voz meiga e gentil, falou:

– OLÁ! POR QUE PAROU DE CANTAR? SEU CANTO É MUITO BONITO! EU GOSTO TANTO DO SEU CANTO, DA SUA POESIA... AH! PERDÃO! COMO SOU MAL-EDUCADA! NEM ME APRESENTEI. EU SOU INGLI ABÁ, VIM DO NORTE, SOU DA FAMÍLIA *DUMUNDUS*, NÓS GOSTAMOS DE VIAJAR.

João assustou-se com a atitude da *Dumundus*. Não esperava que ela se aproximasse dele. O passarinho ficou sem ação. Ao vê-la mais de perto, pôde notar como ela era linda! Suas asas pareciam ter sido feitas à mão, de tão perfeitas! Seu bico era fino, pequeno e mimoso como uma peça de marfim. Em seu peito havia uma penugem, de uma tonalidade mais fraca de amarelo, que formava um desenho semelhante a um coração. Quando os últimos raios de sol bateram nessa penugem, a João pareceu que ela era feita toda de ouro. Um ouro puro e refinado que brilhava lindamente!

– VOCÊ CANTA, MAS NÃO FALA? É ISSO? COMO É SEU NOME? – PERGUNTOU INGLI.

– CLARO QUE EU FALO! – RESPONDEU O PASSARINHO, CHATEADO.

– POR QUE NÃO RESPONDE, ENTÃO? – RETRUCOU A *DUMUNDUS*.

– ESTÁ BEM, MEU NOME É JOÃO E SÓ VIAJO DE UM LADO PARA O OUTRO DA GAIOLA.

– PERDÃO... EU SÓ QUERIA CONVERSAR, SABER DE VOCÊ... – E FOI SAINDO.

– EI! DESCULPE-ME! O QUE VOCÊ GOSTARIA DE SABER? – GRITOU O *CANTUSBONITUS*.

Os dois passarinhos perderam a noção do tempo conversando.

João falou de seu enorme desejo de liberdade, de poder voar pelo mundo... E disse, timidamente, de sua deficiência. Ela contou-lhe sobre a tradição de sua espécie, que vinha de uma linhagem antiga, das aventuras que vivera com a família pelos continentes...

A *Dumundus* foi embora com a lua já alta no céu.

A *Dumundus* não vinha mais *quase* todas as tardes. Agora, ela vinha *todas* as tardes, chovesse forte ou o astro-rei reinasse com todo o seu poder. Ela vinha para ouvir os versos de João. Mas ele não cantava tanto como antes; terminava a canção mais cedo para ficar conversando com Ingli. E ela lhe narrava histórias fantásticas, incríveis, de jardins, de flores, de cores, de perfumes raros, de plantas que só eram vistas em determinados lugares, plantas mortíferas que matavam em segundos e que podiam curar doenças... E das frutas de sabor que não dava para explicar!

Às vezes, Ingli Abá ficava até constrangida de contar aquelas histórias, já que ele não podia sair daquela casa feia e malcheirosa em que morava, na qual, muito provavelmente, passaria sua vida inteira...

João, o *Cantusbonitus*, percebia o embaraço da amiga. E insistia para que ela continuasse falando. Abá mudava de assunto, porém João ameaçava não cantar mais, e ela logo voltava a contar suas histórias.

Cada dia era uma aventura diferente, empolgante, cheia de magia, beleza, perigos, predadores terríveis. Ingli contava sobre as montanhas frias e altas, tão altas que muitos passarinhos as temiam e os poucos que tentavam desafiá-las morriam congelados. Falava das admiráveis, inexplicáveis e perfeitas pirâmides, construídas pelos pequenos e frágeis humanos, e, também, das feias e grandiosas esfinges...

Um dia, no meio de uma história que Ingli vivera em um país distante, onde existia uma estátua gigantesca que segurava um grande livro e uma tocha em uma das mãos, a passarinho, de repente, perguntou:

– JOÃO, VOCÊ QUER FUGIR DESSA CADEIA?

– ABÁ, EU EVITO ATÉ DE PENSAR NISSO, PORQUE SEI QUE É ALGO IMPOSSÍVEL... – O PÁSSARO RESPONDEU, DESANIMADO.

– EU PREFIRO QUE VOCÊ ME CHAME DE INGLI. SEMPRE EXISTE UMA POSSIBILIDADE, E NÓS VAMOS FALAR SOBRE ISSO DEPOIS.

5

No outro dia, depois de ter ouvido o pequeno concerto do *Cantusbonitus*, Ingli voltou à conversa do dia anterior, sobre a ideia da fuga. E o passarinho, revoltado, brigou com a amiga:

– PARA QUE ME DAR FALSAS E IMPOSSÍVEIS ESPERANÇAS? NÃO DÁ PARA FUGIR! OLHE O TAMANHO DO MEU CARCEREIRO! QUEM É QUE VAI ME AJUDAR A FUGIR? AS GALINHAS, O GALO, O GATO OU VOCÊ?! NÃO! NENHUM DE VOCÊS TEM MÃOS PARA ABRIR A PORTA... SÓ TÊM PATAS!

Ingli respondeu com tristeza:

– MEU AMIGO, O MUNDO É MUITO GRANDE PARA SE CONFORMAR COM TÃO POUCO. PODEMOS CONHECER AS MONTANHAS GELADAS, AS MARAVILHOSAS PIRÂMIDES, O BELO CRISTO REDENTOR, OS OCEANOS DO MUNDO... POR MAIS QUE A GENTE ACREDITE QUE NUNCA CONSEGUIRÁ ALCANÇAR NOSSOS OBJETIVOS, DEVEMOS TENTAR SEMPRE, MANTER VIVA A ESPERANÇA, PORQUE ELA TORNA A VIDA MAIS INTENSA E BELA...

Depois de um pequeno silêncio, a *Dumundus* se foi sem dizer mais nada.

O dia seguinte veio, mas Ingli não. João sentiu muito sua falta. Mesmo sem perceber, seu canto, naquela tarde, esteve mais melancólico e dolorido do que nunca.

Maria, uma das galinhas, vendo o passarinho abatido, comentou, com sua voz fina e chata:

– Eu não gosto de fofoca, mas não pude deixar de ouvir a sua conversa com aquela passarinho metida e acho que você não deveria dar ouvidos a ela. Olhe ao seu redor: você tem tudo de que precisa! Tem comida, tem água e tem lugar para dormir! Você é um aleijado que nem consegue voar direito! Como quer fugir? Não vai sobreviver nem um minuto no mundo!

– Eu também acho. Ele é um sortudo e não sabe! Não precisa caçar e trabalhar para comer! Quer mais o quê? Eu nem queria andar! Só queria ficar deitado comendo, bebendo e dormindo – disse um gato branco e preto vadio que andava pelos quintais da vizinhança.

– Esse João é muito ingrato! Seu Guilherme, coitado, não lhe deixa faltar nada, e o que ele dá em troca? Um canto besta e feio... E ainda está reclamando da vida! – falou outra galinha, a Mariota.

Maria indagou ao galo:

– O que você acha disso, Antenor?

– Eu acho que ele...

Mariota o interrompeu, irritada, dizendo:

– Cale a sua boca! Você é outro que só quer saber de cantar!

E começou uma discussão generalizada: o gato preguiçoso miava, Maria e Mariota cacarejavam sem parar, e o galo Antenor até tentava falar alguma coisa, mas as duas não deixavam.

Após ter ficado somente assistindo àquela confusão, o *Cantusbonitus* interrompeu a discussão com um berro:

– CALEM-SE! VOCÊS NUNCA OLHARAM PARA MIM, NUNCA PRESTARAM ATENÇÃO EM MIM! SEMPRE PREOCUPADOS COM OS SEUS MILHOS E OS SEUS RATOS! LOGO AGORA, QUE EU TENHO UMA AMIGA DE VERDADE, VOCÊS QUEREM SE METER NA MINHA VIDA! SAIAM! SAIAM DAQUI TODOS!

PIU
PIU
PIU
PIU
COCO RI CÓ
MIAAAAAAAUUUUUU
COCO RI CÓ

Todos saíram resmungando:

– Sujeitinho mais desagradável... grosseiro... Ele acha que vai conseguir fugir. Se quem pode voar não está conseguindo, imagine ele...

Veio mais um dia sem a presença de Ingli e o pequenino coração de João ficava cada vez menor. Sua tristeza e sua solidão tornavam-se maiores e mais pesadas.

No quarto dia, aconteceu algo inédito no quintal de Seu Guilherme desde que João ali chegara: a canção do *Cantusbonitus* não foi ouvida. Ele não entoou sua bela e triste melodia.

Todos no quintal estranharam, principalmente Seu Guilherme, que disse, preocupado como um pai:

– SERÁ QUE JOÃO ESTÁ DOENTE? EU VOU TROCAR A ÁGUA E O ALPISTE DELE. FIQUE DOENTE NÃO, JOÃOZINHO... GOSTO DE OUVIR VOCÊ CANTAR.

Naquele mesmo dia, João, desanimado e de cabeça baixa, escutou:

– EI! EI, POETA! COMO ESTÁ?

O passarinho levantou a cabeça e viu sobre a gaiola uma luz bonita, brilhante, meiga e dourada como se fosse um pequeno sol. Era Ingli que estava em cima da gaiola, onde costumava ficar conversando com João. E o *Cantusbonitus* cantou a canção mais feliz, mais viva e mais vibrante que jamais havia cantado na vida. A *Dumundus* ficou tão tocada, que, se não fosse aquela cadeia de ferro, o abraçaria. Sim, ela certamente o abraçaria bem forte e voaria bem alto com ele, levando-o para conhecer seus lugares preferidos...

Toda essa emoção foi expressa com um pedido de desculpas:

– PERDOE-ME, JOÃO... EU SÓ QUERIA QUE VOCÊ TIVESSE UMA VIDA MELHOR. VOCÊ TEM TANTAS COISAS BELAS DENTRO DE SI, QUE MERECIA VER, OUVIR E VIVER COISAS BELAS TAMBÉM... PERDÃO!

O pássaro respondeu, envergonhado:

– NÃO, NÃO... SOU EU QUE TENHO QUE PEDIR PERDÃO. EU FUI GROSSEIRO, INSENSÍVEL... VOCÊ APENAS QUERIA ME DAR O QUE CONHECE DE MELHOR, E EU QUERO TUDO ISSO! JÁ TENHO ATÉ ALGUMAS IDEIAS PARA UM PLANO...

João contou para sua amiga quais eram as manias, os horários e os hábitos de seu dono. E revelou também algo muito importante, que seria útil para que seu plano desse certo: nos últimos tempos, Seu Guilherme andava se esquecendo das coisas com facilidade. Chegava no quintal com a vasilha de milho nas mãos, para alimentar as galinhas e o galo, olhava para o chão como se quisesse se lembrar de algo e depois entrava em casa. Outra vez, com o regador nas mãos, olhava para um lado e para o outro como se estivesse procurando alguma coisa.

Seu Guilherme não era nenhum estudioso de pássaros, mas conhecia muito sobre as aves, por isso sabia que a presença do passarinho da espécie *Dumundus* no seu quintal era totalmente incomum e estranha, principalmente em cima de uma gaiola, assobiando como se estivesse conversando com outro passarinho. Em duas ocasiões que flagrou essa cena, por pouco não conseguiu capturar Ingli.

João e Ingli só estavam esperando pelo dia certo. Era o dia da limpeza da gaiola, quando Seu Guilherme trocava a comida, a água e o papel que forrava o chão da pequena cadeia de ferro. Então, abria a portinha bem rápido e a trancava logo em seguida.

Seu Guilherme estava com um jornal velho nas mãos e um pote com a comida do pássaro. Ele abriu a porta da gaiola e, nesse momento, de repente, uma ave muito bela surgiu e pousou na gaiola de João.

Os olhos de Seu Guilherme brilharam e ele exclamou, quase fora de si:

– HOJE EU PEGO VOCÊ! E VOU GANHAR UM BOM DINHEIRO COM ISSO!

Esqueceu-se da gaiola, pensando no quanto poderia lucrar vendendo um pássaro que poucos conseguiam capturar, por se tratar de uma ave que não tinha moradia certa, viajava muito e era extremamente veloz.

Ingli deu um drible em Seu Guilherme, e as mãos dele ficaram no vazio. Em seguida, a *Dumundus* pousou bem no meio da cabeça do velho, que, com as duas mãos ansiosas, tentou agarrá-la, mas tudo o que conseguiu foi arrancar uns tufos de cabelos que ainda lhe restavam na cabeça. Depois, Ingli parou entre as plantas, o homem avançou, mas conseguiu pegar apenas folhas – a passarinho aterrissou no chão. Já furioso, ele correu bufando, mas, antes de chegar perto dela, a *Dumundus* voou e perdeu-se no ar. Seu Guilherme ficou ofegante e cansado. Resmungou com raiva de Ingli e entrou em casa.

Só que ele esquecera a porta da gaiola aberta, como João dissera para sua amiga que aconteceria.

Esse era o plano dos dois pássaros: distrair o dono do quintal, para que ele esquecesse o que ia fazer.

Num voo rápido, Ingli entrou na gaiola e, com a mesma velocidade, saiu. E uma coisa totalmente fora do comum, que talvez nunca tivesse acontecido antes, aconteceu. Era Ingli voando com João em suas costas.

Eles voaram entre os telhados das casas e as poucas árvores qu e ainda havia no bairro.

O pássaro *Cantusbonitus*, ao perceber o vento da tarde bater em seu rosto, em suas asas, invadindo seus pulmões, sentiu algo que havia muito não sentia, ou que talvez jamais tivesse sentido.
Era como se estivesse voando sozinho! Sentia a liberdade!

Porém, João sentiu algo maior que a liberdade, uma coisa mais poderosa que o vento que o invadia. Essa coisa tomou conta de seu pequeno corpo, alojando-se em seu minúsculo coração. Era um sentimento tão bom, que João parecia voar no mais alto céu, esquecendo-se de sua deficiência.

SENTIA TANTA FELICIDADE, QUE ERA COMO SE AQUILO SÓ EXISTISSE DENTRO DELE. ERA AMOR! JOÃO AMAVA INGLI.

O pássaro, então, entoou a canção mais viva, mais sincera, mais meiga, mais suave e mais linda que havia dentro dele. Ao final, disse baixinho:

– EU TE AMO...

Uma lágrima escorreu pelo bico de Ingli, como se fosse um pequeno e raro cristal.

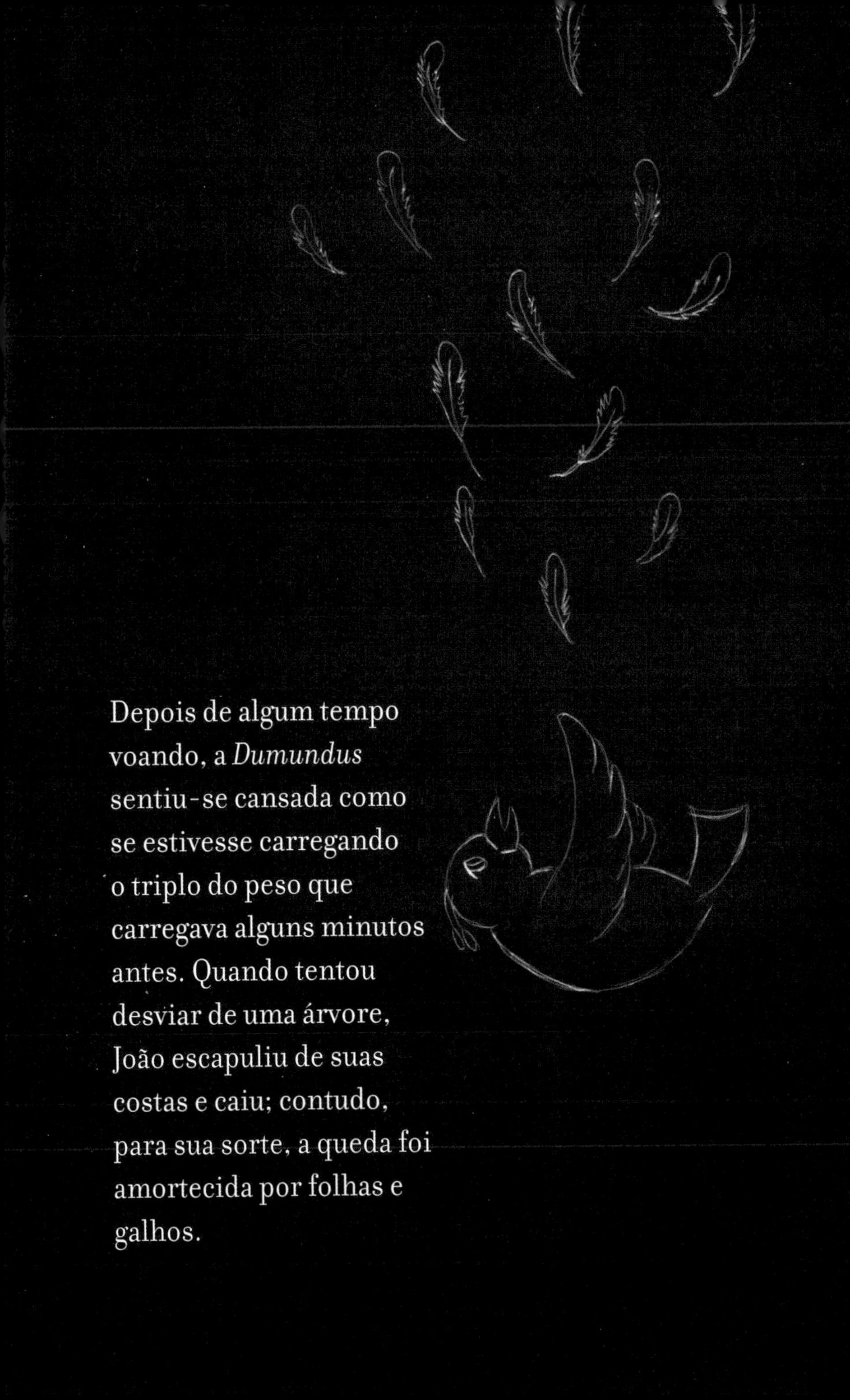

Depois de algum tempo voando, a *Dumundus* sentiu-se cansada como se estivesse carregando o triplo do peso que carregava alguns minutos antes. Quando tentou desviar de uma árvore, João escapuliu de suas costas e caiu; contudo, para sua sorte, a queda foi amortecida por folhas e galhos.

Um gato branco, magro, muito magro, de olhos maus, passava por perto, ouviu o baque e foi ver o que era. E, num tom cínico, disse:

– Eu sabia que esse dia ia chegar. Está chovendo comida!

E armou um bote para devorar o pássaro.

Ingli se colocou na frente de João e disse ao gato zombando:

– QUER BRINCAR? BRINQUE COM QUEM PODE BRINCAR! VAMOS BRINCAR, MIAU?

O gato, vendo aquela comida brilhando ao sol, dourada, parecendo ser bem mais apetitosa que o passarinho, saltou em cima de Ingli; ela voou e o felino a seguiu. Ela voava baixo para que o gato a seguisse e fosse para longe. A *Dumundus* driblou troncos de árvores, desviou de pedras e, ao chegar perto de um barranco, deu um mergulho e o gato foi atrás. Ingli voltou logo à tona, mas a queda do bichano foi inevitável. Ele caiu em um lago poluído por esgoto.

Após alguns minutos, a *Dumundus* voltou ao local onde João estava e foi recebida com uma afirmação triste:

– Eu vou ficar aqui.

– Ei! Você deveria estar explodindo, radiante de felicidade! Nós acabamos de viver a nossa primeira aventura juntos! Agora, mais do que nunca, você faz parte de minha história! – respondeu Ingli, mal se cabendo de felicidade.

E A PASSARINHO COLOCOU JOÃO
DEBAIXO DE SUAS ASAS
COMO EM UM ABRAÇO
APERTADO E AFETUOSO.

Estava perto do anoitecer. Ingli voava pela cidade de Salvador com João em seu dorso. Estava evitando ao máximo chegar à árvore, onde vivia sua família. Na verdade, ela não queria adiar aquele encontro. Quanto mais rápido acontecesse, mais rápido aquela angústia no peito acabaria. Esse aperto era um sentimento que crescia dia após dia, noite após noite, tornando-se grande demais para caber em seu coraçãozinho.

Eram os últimos minutos do sol no céu, quando Ingli e João chegaram ao Parque da Cidade, onde se encontrava a grande árvore na qual viviam a família e os parentes da *Dumundus*.

Todos se espantaram e se horrorizaram ao ver aquela cena tão esquisita, tão estranha... Eles ficaram furiosos, pois nunca tinham visto algo tão ridículo. Era uma vergonha! Uma provocação! Uma passarinho carregando um passarinho? Ele não sabia voar, não? E como Ingli ousava andar com um pássaro daquela raça? Ela tinha que receber um castigo!

Fernão, um pássaro *Dumundus*, robusto, com peito estufado, penas de um amarelo intenso, era o pai de

Ingli. Ele e Camila, a mãe da passarinho, a olharam com tanta reprovação e tanta raiva, tanta tristeza e tanta decepção, que Ingli sentiu como se tomasse uma surra dos dois!

Por fim, Fernão rompeu o silêncio, falando com sua voz grossa de senhor respeitável:

– O que está acontecendo aqui, Ingli? Quem é esse, aí? Você está envergonhando a mim e a sua mãe, diante da nossa família.

Apesar de respeitar muito seus pais, Ingli respondeu, firme:

– Ele é o João, meu amigo. Eu o ajudei a fugir de uma gaiola. Ele não consegue voar sozinho. Nasceu com uma deficiência na asa esquerda.

– Por que você fez isso? Era o destino dele! Era o melhor para ele! Como esse pássaro vai sobreviver na natureza, se não sabe voar? Como vai conseguir comida? – gritou Fernão.

Ingli respondeu, olhando bem dentro dos olhos do pai:

– MAS, PAI, O SENHOR SEMPRE ME ENSINOU QUE OS PÁSSAROS NASCERAM PARA VOAR... NASCERAM NA NATUREZA E DEVEM MORRER NA NATUREZA!

O pai de Ingli rebateu, ainda mais furioso:

– Sim, falei, mas só os pássaros nobres como os *Canariusdusreis*, os *Sabiás-reais* e, nós, os *Dumundus*! Pássaros que deixam a natureza mais bela! Olhe para nós... Nossa cor está nas coroas dos reis, ela fascina as mulheres, conquista os corações dos homens. E olhe para esse infeliz! Veja a cor dele: cinza, uma cor feia, fubenta... Lembra tristeza, morte. Ele e pássaros iguais a ele devem mesmo ficar dentro de gaiolas!

Ingli olhava para o pai decepcionada, triste, magoada. Sentia que tudo que conhecia estava desmoronando. Fernão, seu pai, um pássaro admirável, sábio, agora parecia outro, horroroso, cruel! Ingli olhou para João e o viu tão humilhado, que seu coração parecia que ia explodir de tanta tristeza!

Amargurada, a passarinho murmurou:

– Vou levá-lo para outro lugar.

– NÃO! Vamos para outro galho, o deixe aí! Vamos!

Aquela noite foi a mais triste, a mais fria, a mais escura de toda a vida de João e de Ingli. Fazia muito tempo que *Cantusbonitus* não passava a noite na natureza. Sozinho, indefeso, João estava com muito medo. Não conseguiu dormir, ouvindo os sons dos animais selvagens, ferozes, acreditando que seria devorado a qualquer momento.

Ingli Abá também não dormiu. Chorou muito. O pássaro que ela mais admirava não era quem ela pensava ser! Sempre desejara se casar com um pássaro igual a seu pai, mas agora... Pensava em seu amigo, sozinho, no frio, apavorado, indefeso. O que será que ele sentira ao ouvir todas aquelas coisas horríveis de Fernão?

Ao nascer do sol, Ingli foi saber como seu amigo passara a noite, mas Fernão e Camila foram atrás dela, e o pai falou:

– Esse pássaro vai embora hoje!

– Não, pai. Ele não vai embora. *Nós* vamos embora!

– Nós, quem?

– Eu e ele! Eu o amo! Não vou deixá-lo só! – Ingli disse, emocionada.

– Você, o quê? Você enlouqueceu! Ele é um aleijado! Quem é que vai caçar? Vocês vão morrer de fome! – exclamou Fernão, louco de raiva.

– Por que eu não posso caçar? Por que eu sou uma fêmea? – perguntou a *Dumundus*.

Fernão explodiu:

– Está vendo, Camila? A culpa é sua! Fale alguma coisa para sua filha!

– Minha filha, o que você está fazendo conosco e com você mesma? Quer castigar a mim e a seu pai, por quê? Além do problema na asa, esse passarinho faz parte de uma raça de vagabundos, passa o tempo todo cantando... Você está nos matando de vergonha! Eu a proíbo de sair daqui! – falou sua mãe, quase chorando.

– Mãe... sempre fui uma filha obediente, nunca desrespeitei nem a senhora nem o meu pai. Mas eu já tenho idade de seguir meu rumo, constituir uma família, e é isso que vou fazer.

– Eu e sua mãe a preparamos para casar com um pássaro da nossa raça, um *Dumundus* legítimo, para que o mundo tenha sempre a nossa beleza. Nós vamos partir para o Leste daqui a dois dias. E eu espero nunca mais ver você! – esbravejou Fernão, cheio de raiva e tristeza, dando a conversa por encerrada.

Por um momento, houve um silêncio longo, que parecia ser eterno, até que Ingli tomou coragem e pediu:

– Posso me despedir dos meus irmãos?

Quando Ingli se aproximou, todos voaram para longe. Alguns comentaram, com raiva ou com inveja: "Ela nem parece uma *Dumundus*! Ingli é uma vergonha". Apenas uma de suas irmãs permaneceu onde estava. Abraçou-a e sussurrou em seu ouvido:

– SEJA FELIZ!

Ingli pôs João nas costas e voou para longe.

Apesar da noite inesquecível e terrível que passara e das coisas cruéis e dolorosas que ouvira, João parecia outro. Novo! Bonito! Perfeito! Nunca fora tão feliz! Não era pela conquistada liberdade; era o amor que o deixava assim. Ingli o amava!

Então, timidamente, perguntou:

– VOCÊ ME AMA MESMO, INGLI?

– Claro que amo você, meu poeta! E eu ouvi quando você também disse que me amava...

– Que... que... que ver... vergonha... Eu pensei que você nã... não ti... tivesse ouvido... – gaguejou João, envergonhado.

Ingli declarou:

– Eu já viajei por este mundo todo, já vi todas as suas maravilhas... Oceanos furiosos e calmos, cachoeiras gigantescas, rios majestosos, pirâmides e muralhas tão velhas que pareciam ser eternas! Já vi magníficos castelos, palácios em que poderosos e terríveis reis e imperadores viveram. Vi também estátuas perfeitas de santos, profetas e mestres. Vi as joias mais belas... Mas nada disso tem a beleza de seu canto, João. Com seu canto, você me levou a lugares mais belos, mais deslumbrantes e mais perfeitos do que todos os que eu já conheci...

9

– O meu canto só se tornou belo por causa do amor que você trouxe para minha vida. O amor torna tudo mais bonito!

Os dois pássaros de espécies diferentes começaram a viver suas aventuras pela cidade de Salvador. Mas eles não voavam muito longe nem muito alto, porque, apesar de Ingli ser um pouco maior que João e ter asas maiores, não conseguia voar por muito tempo com ele em seu dorso. Ela se cansava rápido pelo peso do *Cantusbonitus*.

Ingli, então, teve a ideia de completar a asa de seu amado com folhas e galhos, mas não deu certo. Depois, teve a ideia de amarrar um cipó no corpo de João e o puxar pelo céu. Foi uma situação estranha e engraçada ao mesmo tempo. Parecia a dona, levando seu cachorrinho! A ideia só deu certo nos primeiros minutos.

Funcionou até o cipó arrebentar no meio e João despencar lá de cima. Ingli o viu caindo. Aquela queda, com certeza, o mataria. Desesperada, numa velocidade absurda e com uma habilidade incrível, a passarinho mergulhou, segurando-o pouco antes de ele se espatifar no chão.

Triste, revoltado e envergonhado, o *Cantusbonitus* desabafou:

– Seus pais estavam mesmo certos. Eu não tenho nada para oferecer a você! Desse jeito, nós vamos acabar morrendo... Vá atrás de sua família e me deixe no quintal de Seu Guilherme para que ele me veja e me coloque de novo na gaiola.

– EU NUNCA O ABANDONAREI! SOMOS UM SÓ! – INGLI FALOU, COM OS OLHOS CHEIOS DE LÁGRIMAS E DE AMOR.

Alguns dias se passaram. João ficava num galho de árvore, enquanto a *Dumundus* ia caçar. Às vezes, o pássaro não comia, envergonhado. Não pelo alimento ser caçado por uma fêmea, mas porque ele queria ir com ela, ajudá-la a caçar!

Por isso, os versos de João estavam tristes, profundos.

Um dia, porém, Ingli exclamou, com brilho nos olhos:

– Meu amor, você lembra que um dia desses eu lhe falei que éramos um só? Eu tive uma ideia!

– Sim. Que ideia é essa?

– Posso lhe dar um abraço? – Ingli perguntou, docemente.

– Claro que pode, meu amor! – respondeu João, sorrindo.

Ingli, então, o abraçou. O abraço foi tão forte, que a asa de João, pequena e incompleta, se enroscou à asa da amada, como se estivessem conectados. A ideia de Ingli era dar metade de sua asa para que João pudesse voar! Ela e ele voariam com a mesma asa. Eles eram um só!

O *Cantusbonitus* e a *Dumundus* voaram juntos por toda a cidade de Salvador. Passaram pelo Elevador Lacerda, pela Praia de Amaralina, pela Sereia de Itapuã, voaram sobre o Dique do Tororó, passaram pela cabeça do poetinha... Assistiram ao pôr do sol do Farol da Barra.

João e Ingli viajaram pelos quatro cantos do mundo. Viram a grande Torre de Ferro, namoraram nas margens do Rio dos Apaixonados, em seguida rumaram para o Palácio Dourado. Depois, ficaram admirados com os castelos e campos coloridos. Eles também se encantaram com as belezas do Brasil, dos grandes cânions, das florestas deslumbrantes, dos rios volumosos e dos centros urbanos, fervilhando de gente. Eles viajaram, comeram e dormiram juntos. As asas sempre juntas! Raramente, quase nunca se separavam!

Mas nem João nem Ingli perceberam que estavam sendo monitorados, seguidos em suas viagens.

Era o Dr. Josef Wagner, um estudioso e apaixonado por pássaros, um ornitólogo que fazia anotações, fotografava e filmava Ingli e João. Ele pensava que se tratava de um pássaro só! Dr. Josef estava eufórico, feliz, pensando que tinha descoberto uma espécie rara, magnífica e terrível de ave de duas cabeças, que ele logo batizou de "Pássaro de Duas Cabeças". Josef já sentia o Prêmio Nobel em suas mãos... Mas tinha que ter uma prova concreta da existência do pássaro, como uma foto, um vídeo ou até a própria ave. Todas as fotos e vídeos estavam distantes e desfocados, pois João e Ingli não chegavam perto dos humanos, com medo de ser capturados.

Dr. Josef Wagner desenvolveu uma armadilha com fios tão finos que pareciam invisíveis, porém

resistentes. Colocou-os entre uma árvore e outra, no caminho onde o suposto "Pássaro de Duas Cabeças" costumava passar.

Em uma tarde de outono, conseguiu capturar "o pássaro". O doutor soltou uma exclamação de euforia. Tinha conseguido! Prêmio Nobel! Porém, ao observar mais de perto, ficou admirado, espantado e até emocionado ao ver que se tratava de duas aves de espécies totalmente diferentes, voando juntas como se fossem uma só! O cientista percebeu que estava diante de algo inacreditável, era quase um milagre! As aves voavam juntas porque a asa de uma delas tinha uma deficiência. Maravilhado, o doutor sentiu que todos os anos que passara estudando os pássaros tinham valido a pena! Soltou, então, as aves, e elas voaram para o horizonte...

Ingli e João tiveram filhotes. Os primeiros nasceram com a mesma deficiência do pai; duas ninhadas depois, não mais, mas todos aprenderam a voar como seus pais e seus irmãos voavam.

O casal viveu muitos anos. Foram felizes em todos os lugares por que passaram. O canto de João se tornou o mais doce, o mais suave, o mais encantador e o mais belo de todos os cantos da espécie *Cantusbonitus* por causa do seu amor por Ingli.

Hoje, depois de muitas gerações, nenhum pássaro da descendência de Ingli e João nasce mais com a deficiência na asa, mas, mesmo assim, todos continuam a voar juntos. Algumas vezes no dia eles se separam, mas por pouquíssimo tempo. Essa nova espécie, chamada de "Pássaro de Duas Cabeças" pelo Dr. Josef Wagner, é mais resistente, vive mais que as outras, não fica com frio no inverno, nem sente fome, já que são dois para caçar juntos, e os predadores não os atacam, pensando que se trata de uma ave terrível de duas cabeças!

NA PRIMAVERA, ACONTECE UM ESPETÁCULO LINDO, QUANDO UMA REVOADA DE PÁSSAROS DE DUAS CABEÇAS PASSA PELOS CÉUS, CADA UM COM SEU PAR...